# Mama's Affair

# 阿媽有咗第二個

# 序

把《阿媽》的劇本出版，好像是想過又沒有想過的事。電影兩年前已經上畫又落畫，但可以把故事用最原本的方式記錄及流傳，依然是一個難得的機會。

為著這次出版，我重新閱讀幾年前所寫的，嘗試忘記電影畫面的細節，回想當日落筆的初衷，然後看到自己如何看待人與人之間的情感連結。美鳳，子軒，方晴，都是受了傷的靈魂，幸運的人會遇上天使給你溫暖；縱使沒有真正療傷的方法，但我們可以重新尋找對世界的"passion"（我覺得熱情好像沒有 passion 形容得那麼貼切）。有了這份 passion，我們才會看到世界很大。

感謝您願意從文字的角度重新認識這故事，同時也可以感受到演員們和電影各單位為這個故事灌注的生命。從文字到影像，無論是在書架上還是銀幕上，我希望一切最後還是放在心裡。

彭秀慧

二零二四年十月二日

## 第❶場

時：日（八月）

地：家

人：美鳳

△ 美鳳獨坐在露台，看著青山，喝著咖啡，想得出神。

△ 飯桌上，放著吃過的早餐。

△ 美鳳急忙地化妝，換衫。

△ 美鳳從衣櫃取出久違的有跟鞋，一副整裝待發模樣。

△ 最後她行出飯廳，出門。

◇◇◇◇◇◇◇◇◇◇◇◇◇◇◇◇◇◇◇◇◇◇◇◇◇◇ **片名 「阿媽有咗第二個」** ◇◇◇◇◇◇◇◇◇◇◇◇◇◇◇◇◇◇◇◇◇◇◇◇◇◇

## 第❷場

時：日

地：高級餐廳

人：美鳳、Philip

△ 鏡頭見美鳳的手攪拌著咖啡。

△ 美鳳約了不同舊同事在同一餐廳見面，說的都是同一番話。

△ 以下對白在餐廳不同角落和不同的朋友說話。

美鳳： 我辭職嗰年係……2001 囉…… 都唔係無端端…… 嗰時立仁唔俾我做嘢吖嘛…… 你唔記得咩，之前嗰年十大金曲頒獎禮我喺後台暈咗…… 原來有咗四個月自己都唔知…… 最後個 BB 冇咗…… 立仁就下令我唔准再做嘢……都休咗兩年先再大肚……湊吓仔呀，煮吓飯呀，幾開心㗎……不過個仔大嘞……唔使我理／唔俾我理／我都唔使再理佢……（最後對著的是 Philip，剛收到他的卡片）嘩！原來你已經係 Managing Director！叻仔……我仲記得你嗰陣入我條 team，你先啱啱畢業……後來我哋湊基仔……連續三日唔瞓覺搞個 CD 封面，你記唔記得呀……

Philip: 記得……不過基仔都換咗三間唱片公司……上咗神枱㗎嘞……講起我一入行就跟住你真係好驚！你知你幾惡！又 mean！做親咩你都唔滿意，預咗要做三次，俾你鬧四次！而家啲人覺得我咁搏咁高要求都係學咗你咋！講真嗰句，唔係你我今日都唔會坐到呢個位！哈哈哈……（尷尬的靜默）其實我都收到風你想出返嚟做 management……不過我真係唔知可以點樣幫你……唔好話你，我都嫌自己老呀……公司一路 cut 緊人，唔通叫你做助手咩，一係喺我上面開多個位俾你睇住我……

美鳳： （認真但保持客氣）你搞錯咗呀 Philip，我都唔係要同你爭飯食，我只係覺得個仔咁大我可以出返嚟做嘢……

Philip: 美鳳姐……個世界轉得好快呀……個 trend 要等啲細路去做㗎喇，唔好話你，我都嫌自己老呀……

△ 尷尬的靜默。

Philip: 放心，我一定幫你諗掂佢。（滑手機）

美鳳： 好呀。

Philip: 咦？你記唔記得公司以前 management 有個同事叫 Norman？

美鳳： Norman Yau？無端端辭咗職走咗去搞環保生意嗰個？

Philip: 係呀！佢發咗達啦！搞好多生意呀⋯⋯我知佢開咗間公司都係搞音樂嘅，越做越大，你湊人咁叻，我覺得你都可以問吓佢。你有冇佢電話？

## 第❸場

時：日

地：音樂中心

人：美鳳，Norman，家麒，Ann

△ 美鳳站在 Norman 的音樂中心，這裡原來是一間兒童藝術學校，一邊有一個龐大的排舞室，另一邊有幾間小房間給小朋友學樂器，還有一個休憩空間，活像一個托兒所。

△ 幾個小朋友在跑來跑去。

△ 家麒走過來招呼美鳳。

家麒： 太太？太太！

美鳳： 係！

家麒： 係咪想幫小朋友報班？使唔使睇下我哋嘅課程簡介？

美鳳： 唔係唔係⋯⋯我搵 Norman 㗎。

△ Norman 正在維修燈膽。

Norman:　（向美鳳）⋯⋯我細個就想開間咁嘅藝術學校，有錢嘅可以嚟學，冇錢嘅，我唔收錢都俾佢學⋯⋯

美鳳：　咁你呢間真係慈善機構！

Norman:　啲嚫仔搵到個寄託，咪正正經經做返個人，所以我一路都冇轉行呀！我一路都係做緊發掘新人！有啲仲做埋我員工添呀。呢個小 Ann，讀書唔成，但就鍾意音樂，而家都有喺度幫手教細路。嗰個家麒，細個嗰陣喺屯門學人跟大佬，其實好怕醜好乖！

Norman:　（笑）不過我諗唔到你會重出江湖！

美鳳：　⋯⋯個仔大咗，諗住過下日晨啫！

Norman:　我同個老友諗住過泰國開分校，呢度 settle 咗我請到個人幫我睇住，我就可以飛㗎嘞。

美鳳：　你都幾好精力！

Norman:　「鍾意做嗰樣嘢就唔會覺得辛苦，唔鍾意嘅就乜嘢都係捱！」我喺你身上學返嚟！

美鳳：　咁耐你都記得！

Norman:　影響我一世呀！

△ 眼前有一個約六七歲小朋友一邊尖叫一邊跑過。

Ann:　（向小朋友）喂喂，Jayden，你工人姐姐呢？仲未嚟嘅？

Jayden:　Ten minutes late 呀，佢話。

Ann: 嘩，Jayden 你流鼻血呀！快啲岳高頭⋯⋯

Jayden: 哦！

美鳳： 流鼻血係烏低個頭，千祈唔好岳高呀。等我嚟啦。

△ 美鳳過去幫忙。

美鳳： （一邊料理 Jayden）我隨時可以返工㗎啦。

Norman: 咁就好啦！家麒，呢個係美鳳，係我好多年朋友，以後會睇住呢個 Centre。

家麒： 美鳳姐！

Norman: 呢度夜晚有班都要 on duty，你使唔使照顧返去煮飯嗰啲？

美鳳： 我個仔好大個，都識照顧自己㗎嘞。

Norman: 叫埋佢嚟呢度玩啦！Summer 嚟 free jam！

美鳳： 我個仔對音樂無興趣㗎。

---

## 第❹場

時：日

地：學校劇社

人：子軒、Samantha、Angela，同學

△ 子軒在學校劇社排練，他是劇社導演，正在指導演員。

△ Samantha 是劇社副會長，為人盡責認真，和子軒是好拍檔。

△ 眾演員在排練一首歌舞，壯志激昂。

學生：　(唱)

天空迸出光彩
提示我的未來
歷盡世間上多變　求盡全力奮勇作戰

堅守總需要力氣　維護我的天真　如今
若有挫敗　要忍耐
(*宏願未了)
勇氣信念　抱緊我　沒意外
(*不怕創傷　橫越障礙)
來燃亮每刻　拼了命為了將來
那管　別人無視你
來凝聚潛力　挫折越恪守　望得到未來
方算　沒背棄　所愛

子軒：　好！後台 reset。大家過一過嚟。就嚟比賽啦，大家記住集中啲，一開頭，Tim，你嗰句呢，如果你甩咗，你後面嘅人就會跟住你甩，所以你千祈唔可以甩，OK？

Tim:　係，對唔住導演。

子軒：　其他人，呢首歌講「未來」，唱嘅時候盡量俾多啲希望大家！比賽或者表演嘅時候，搵一個點，(指著禮堂的投影機) projector 嗰點吖……

△ 大家認真的聽著子軒說話。

## 第❺場

時：晚

地：家

人：美鳳、子軒

△ 兩個人吃飯，子軒在看手機。

美鳳：　Summer School 返到幾時？

子軒：　返到開學囉。

美鳳：　日日都要上堂，咪仲忙過返學？

子軒：　係呀，補課吖嘛。

美鳳：　都係，仲有兩個禮拜開學，出年你考 IB 真係唔講得笑。

子軒：　得啦。

美鳳：　唔好再玩嘞⋯⋯我講你啲課外活動呀。

子軒：　冇呀。

美鳳：　阿 Tim 同 Samantha 佢哋諗住點呀？

子軒：　Samantha 會去紐西蘭，阿 Tim 睇吓考成點囉。

美鳳：　佢咁懶，實考得唔好啦。

子軒：　佢都唔鍾意讀書。

美鳳：　仔呀⋯⋯唔好睇電話住⋯⋯阿媽有嘢同你講。

子軒：　（放下手機）咩呀。

美鳳：　阿媽下個禮拜開始返工。

子軒：　咁突然？

美鳳：　⋯⋯咁啱有個機會咪做返嘢囉。

子軒：　又係做番唱片公司嗰啲呀？

美鳳：　做⋯⋯音樂教育。

子軒：　Daddy 知啦？

美鳳：　佢梗係知啦。

子軒：　你哋鍾意咪得囉。

美鳳：　我梗係鍾意啦，你阿媽未生你之前係工作狂嚟㗎。不過我返工會影響到你啫。有時返晏晝夜晚，未必可以朝朝車你返學，你自己預早啲時間起身出門口。

子軒：　我成日都叫你唔使車㗎啦。

美鳳：　做你司機係我個 job 呀。夜晚 Daddy 唔返嚟食，你自己搞掂個 dinner 呀，我有時間會煮定啲嘢。

子軒：　得喇。

美鳳：　你間房兩個禮拜冇吸塵喇，你再唔吸我幫你吸——

子軒：　得！我自己吸。

美鳳：　我係想你學識自己照顧自己。

子軒：　你唔照顧我我咪照顧自己囉。

美鳳：　總之呢，last year 喇，俾心機考好個試，係你自己想入 Cambridge 㗎。

子軒：　我會呀，唔駛擔心。

## 第❻場

時：日

地：音樂中心

人：美鳳、家麒、Ann、肥仔、肥仔媽媽

△ 美鳳正式上班。

△ 美鳳為中心買了很多新廁紙，洗手液，換掉中心的東西。

家麒：　美鳳姐！做咩買咁多嘢！

美鳳：　你哋買嗰隻廁紙唔好用㗎，呢隻厚身啲仲平多兩蚊。飲唔飲五花茶？飲就拎隻杯嚟。

家麒：　飲！不過我等外賣嚟一次過飲。

美鳳：　你哋成日食外賣呀？如果我煮飯帶啲俾你兩個啦。

Ann:　唔得㗎唔得㗎，佢一定要幫襯佢個 friend 食外賣。

△ 有個肥仔哭著臉被媽媽拖來音樂中心上課。

△ 肥仔不停哭和發脾氣。

媽媽：　（拖拉著他）你咪啦！再喊咩都唔使學呀！（向家麒）唔該我想報名。

家麒：　小朋友咩事呀？

肥仔：　我要學跳舞！

媽媽：　你咁肥！點學啫！我費事你俾人笑呀！

家麒：　都唔會嘅……

媽媽：　我成日都話，肥唔係你錯，但係唔好令人哋覺得你肥係唔啱吖嘛！

家麒： OKOK……咁你想佢學咩？

媽媽： 彈琴啦！嗰個「朗朗」幾有型呀！

肥仔： 我唔要學嗰啲呀！

△ 肥仔很憤怒，衝出門口卻和剛送外賣來的方晴碰過正著，還把所有飯盒飲料打翻了。

△ 肥仔哭得更厲害。

方晴： 你做咩事呀？

肥仔： （哭著臉）媽咪話我肥唔俾我跳舞。

方晴： 你好肥咩？

肥仔： 我唔知呀……

方晴： 咁你有冇跳過舞俾媽媽睇？

肥仔： （搖頭）

方晴： 咁你喊咩呢？

肥仔： ……

方晴： （走向太太，眼神古怪）呢位係媽咪？

媽媽： 點呢……我俾返錢你囉……

方晴： 俾……俾少少時間我。

△ 方晴跟肥仔耳語了幾句，拉了小朋友入跳舞房。

△ 兩人又跳又唱，看得媽媽目定口呆，才發現自己兒子原來有跳舞天份。

△ Ann 把過程拍下來。

△ 美鳳也特別留意到表演中的方晴帶點可愛又帶點認真。

家麒： 衰仔成日話自己唔鍾意細路！

媽媽： (輕聲問 Ann) 我個仔應該報 level 1 定 2 呀？

方晴： 弊！我要送外賣嘞！

△ 方晴急忙離去。

美鳳： 咩人嚟㗎？

家麒： 佢叫方晴，細個我哋一齊喺屯門夾 band，而家喺附近間茶餐廳做。

---

## 第 ❼ 場

| 時：日 |
|---|
| 地：街 |
| 人：方晴 |

△ 他一個人踏單車。

△ 回到餐廳。

方： 老細，家麒話唔使找。

老闆： 好呀。

客： 唔該，俾多個蛋治。

方： 全哥，蛋治！

## 第❽場

時：日

地：學校禮堂

人：子軒、Samantha、Angela、同學

主持：　第十九屆戲劇匯演最佳導演獎得主係：弘基書院嘅《未來未來》盧子軒！

△ 眾人興奮歡呼，擁著子軒上台領獎。

子軒：　今次呢個演出，係我哋入大學之前最後一個比賽！所以呢個獎對我嚟講，意義好重大！好多謝弘基書院台下為咗呢套劇付出嘅每個你哋！我愛你哋！

## 第❾場

時：夜

地：客廳，子軒房間

人：子軒

△ 子軒回家，美鳳正在熨衣服。

美鳳：　咁夜嘅？

子軒：　係呀去咗慶功。

美鳳：　吓？

子軒：　……慶祝就快開學吖嘛。爹哋呢？

美鳳：　返咗廠吖嘛。

△ 子軒入房。

△ 房間內，子軒從書包偷偷拿出獎杯，放在書架上，欣賞著。

## 第⑩場

時：日

地：音樂中心（沙發位）

人：美鳳、家麒、Ann、方晴

Ann: 嘩！正！蝦仁炒蛋！勁大盒！

方晴： 老闆私人醒㗎。

家麒： 我至愛！

美鳳： 你食過我整嘅蝦仁炒蛋，包保你返唔到轉頭。

家麒： 其實我哋呢啲對食冇咩要求，只要唔係食屎，無咩所謂。

美鳳： 我後生嗰陣都係咁諗，做咗阿媽就知道食得好，先係真正嘅幸福。你三個點識㗎？

家麒： 我13歲同佢喺屯門機舖識嘅。

Ann: 佢哋嗰時好壞㗎，學人跟大佬！

美鳳： 嘩……

方晴： 仲試過去老笠。

美鳳： （驚訝）咩話？

方晴： （向美鳳）嗰時啲 friend 話老笠好易，我哋咪去試吓囉。結果喺個公園度「僕」咗三晚，就見到個女仔自己返屋企。

家麒： 本來我哋度好晒……我負責後面箍頸，方晴喺前面揸刀仔，諗住後面一夾，前面一搶，然後走！

方晴：　點知！我哋計漏咗一樣嘢。

美鳳：　咩呀？

家麒：　就係我哋一衝出去，個女仔就——

方晴：　(尖叫) 呀!! 真係嚇到我瀨屎，跑唔到！

美鳳：　咁個女仔點呀？

家麒／方晴：喺度囉。(指 Ann)

美鳳：　係你?!

Ann:　係呀……之後我仲介紹 Norman 俾佢哋識，叫佢哋夾吓 band，唱吓歌，唔係佢哋實去咗劈友。

家麒：　佢唱歌好勁㗎！佢以前攞過好多獎㗎！(向方晴) 你唔係唔表演下俾美鳳姐睇下嘛？

方晴：　下？

Ann:　你唔唱，我有片！

家麒：　兩句兩句！

方晴：　唔好呀！我唱我唱！

方晴：　(唱) 別當你要奮勇血戰　無論聰穎或愚笨
猜猜情尋　雖不如人　不影響你笑臉迎人
沒有——

家麒：　(制止方晴) 夠嘞！(向美鳳) 厲害哩？爭少少就做歌星㗎嘞！

美鳳：　咁你唔繼續唱？

方晴：　唱歌點搵到食㗎……生活緊要啲。

家麒：　啱呀。(向美鳳) 唉，你唔知咩叫家境複雜㗎喇。

方晴：　美鳳姐你以前做咩㗎？

家麒：　我估！我估！我覺得你似返寫字樓嘅高層！

美鳳：　唔係㗎，我以前除咗返 office 有時都要出去出面做嘢。

方晴：　Sales？地產！……

美鳳：　都算係 sales，不過唔係 sell 俾一個客，係好多客。

Ann:　Marketing！

美鳳：　都啱！

方晴：　咁你賣嘅嘢貴唔貴㗎？

美鳳：　（一想）有時唔洗錢，有時又好貴！做得叻嘅，你賣嘅嘢就會好值錢！

△ 舞蹈室老師畫外音。

老師：　唔該，有個小朋友瀨屎！

△ 房間傳出嚎哭聲音，十個小朋友從房間跑出，不斷說：「好臭」

## 第 ⓫ 場

時：日

地：學校課室

人：子軒、Samantha、Tim、Angela

△ 上課前。

Tim:　(一邊在抄子軒的功課) 點解你可以成個暑假同我一齊排戲但係又做晒啲功課？你係咪痴線㗎！

子軒：　抄還抄，你唔好全部一樣呀！

Angela:　以佢嘅紀錄，照抄佢都會抄錯架啦……

Tim:　我仲有七分鐘……我唔可以停低我對摩打手同你嗌交……

Sam:　子軒咁你係咪真係去英國 Cambridge 讀建築？

子軒：　係呀。(笑) 除非考得唔好啦。

Tim:　你考得唔好，我……以後唔抄你功課！

子軒：　(企圖搶回功課) 攞返嚟！

Tim:　對唔住導演！

Sam:　其實點解你唔讀 Drama？

Tim:　「你」想讀 Drama 啫！子軒想讀建築吖嘛！

子軒：　係呀，我真係想做 Architect。

Angela:　仲以為你阿媽唔俾你讀。

子軒：　唔會……佢都鍾意藝術嘅。

Tim:　吓我以為你阿媽淨係鍾意幫你整飯盒同做你司機！

Sam:　咩呀！子軒媽咪以前喺唱片公司做高層㗎！

Angela: 唉！我都想好似 auntie 咁結咗婚就唔使做嘢，然後專心湊小朋友。

△ 上課鐘聲響，各人迅速回到自己位。

## 第⓬場

時：日

地：高級餐廳 （Epure 露天茶座）

人：美鳳、Sarah、Philip

△ Philip 和客戶在飲咖啡，離遠見到美鳳也正和一女子在下午茶，女子背著 Philip 而坐，情緒有點激動。美鳳一直帶笑在安慰她。

△ 這個女子是立仁的下屬，也是他的情人 Sarah，更是美鳳的朋友。

△ Philip 過去和美鳳打招呼。

Philip: 美鳳姐！咁啱！同朋友飲 tea？

美鳳： 走喫啦。

女子： 咁我唔阻你哋，我走先啦，拜拜。

美鳳： 拜拜。

△ 女子離去。

Philip: 幾好嗎？有冇喺 Norman 嗰度做呀？我有同 Norman

講聲叫佢幫吓手㗎！

美鳳：（感覺被諷刺）有呀，佢嗰度都幾好。

Philip: 嗰度真係大把仔俾你湊。

美鳳：係呀……咁啱嗰度搵到個男仔幾有得做。

Philip: 做咩呀？

美鳳：artist。

Philip: 咁得意？

美鳳：有咩問題呀？

Philip: 冇問題呀，我只係覺得你真係寶刀未老！

美鳳：我覺得呢……能力係用成績去證明，唔係用年紀去證明嘅。如果我當初係咁諗，你係成條 team 入面最細嗰個，我就唔會升你啦。

Philip: 絕對同意。所以到而家你都係我最尊敬嘅前輩。咁你加油啦，真係有咩搞唔掂，需要大公司 support，隨時話我知！（拿出卡片）係喎，我換咗卡片，俾張你吖！

美鳳：好呀。

△ 見 Philip 的 title 已經變成 CEO。

Philip: 下次再傾！

美鳳：拜拜。

## 第⓭場

時：深夜

地：家

人：美鳳、立仁

△ 美鳳在客廳看 iPad，重溫方晴跳舞片段。

△ 立仁從大門入，看到美鳳，輕輕點頭打招呼，逕自入房。

△ 立仁出來餵魚。

美鳳：　煲咗湯呀。

立仁：　聽朝先啦。（一面餵魚）阿偉下個月退休，聽晚我哋同佢食飯，話聲你知。

美鳳：　唔覺唔覺佢都跟咗你廿幾年。

立仁：　係啦。

美鳳：　（鼓起勇氣）咁有無預我㗎？

立仁：　（頓）公司自己人食飯之嘛。

美鳳：　（沒趣）好呀，幫我問候佢同佢老婆。

立仁：　哦。

美鳳：　呢排公司生意點呀？

立仁：　好返好多。

△ 靜默。

立仁：　你自己都睇住身體，你冇做嘢咁耐，我驚你頂唔順。

美鳳：　係要適應吓啫。

立仁： 咁你慢慢，我瞓嘞。

△ 靜默。

△ 美鳳似乎下定決心。

---

## 第 ⓮ 場

時：日

地：茶餐廳

人：美鳳、方晴

△ 美鳳在餐廳外到處張望，肯定是方晴上班地方就決定入去。

△ 美鳳坐在一角，默默地看著方晴工作的樣子。

方晴： 咦？美鳳姐？食咩呀？

美鳳： 俾杯熱奶茶！有咩好食呀？

方晴： 蛋撻！好食㗎！

△ 門外有人買蛋撻。

客： 唔該一個蛋撻！

方晴： （對客）唔好意思，啱啱賣晒！

△ 方晴把最後一個蛋撻給美鳳。

△ 方晴繼續工作，美鳳在觀察，恰好他在她桌子旁邊在包外賣。

美鳳：　你喺度做咗好耐呀？

方晴：　兩年幾。

美鳳：　點解做茶餐廳嘅？

方晴：　老闆係我阿姨嘅朋友，一做就做咗兩年幾。

美鳳：　你唔係鍾意唱歌嘅咩？

方晴：　鍾意呀，但嗰啲係鍾意。

老闆：　阿晴你個外賣 order 等等，佢要加嘢。

方晴：　哦。

△ 方晴稍有空閒和美鳳聊天。

美鳳：　你冇諗過要做歌手咩？

方晴：　細個真係有諗過……

美鳳：　係囉，點解唔試吓？

方晴：　做嘢緊要啲……我想快啲賺到錢自己搬出嚟住……鍾意唱邊度都唱得啦。

美鳳：　家麒話你同姑媽住，咁你爸爸媽媽呢？

方晴：　十歲嗰時，車禍走晒。

美鳳：　所以你同姑媽相依為命？

方晴：　唔算，佢自己都有兩個仔。

美鳳：　所以你習慣咗照顧自己。

方晴：　可以咁講！（笑）美鳳姐，你慢慢坐，我做嘢啦。

## 第⑮場

時：日

地：街市

人：美鳳

△ 美鳳去街市買餸。

## 第⑯場 A

時：晚

地：家

人：美鳳、家麒、Ann、方晴

△ 大家一入屋參觀，發現美鳳的家居佈置得很漂亮；他們留意到架子上有美鳳和明星的合照，還有很多家人的合照。

△ 美鳳在花園準備 BBQ。

美鳳：　我哋今晚食 BBQ，跟住唱卡拉 OK！

Ann:　(看著那些明星合照) 嘩嘩嘩……呢個黎明嚟㗎喎！古巨基都有！原來美鳳姐都係追星族……

家麒：　點解咁講呀？

Ann:　而且都追得幾雜……咩人都有。

美鳳：　出嚟食嘢嘞。

△ 美鳳在 BBQ 爐前負責燒嘢食。

Ann:　美鳳姐邊個係你偶像呀？我見你都好花心……

美鳳：　我而家嘅偶像得一個……

家麒：　邊個呀？

美鳳：　我個仔！可唔可以搵人幫我去廚房攞把牛油刀？

方晴：　我去吖！

△ 方晴走入廚房，拉開不同櫃桶找牛油刀。

△ 子軒回來，一入屋就看見有人在廚房鬼鬼祟祟的找東西。

子軒：　你喺度做咩呀？

方晴：　（嚇一跳）……我想搵刀！

子軒：　你係邊個呀？

方晴：　我係……美鳳個朋友。請問有冇把大啲嘅刀呀？

△ 子軒找了一會才找到，明顯不熟悉廚房。

△ 這時大家發現子軒回來。

美鳳：　我個仔返嚟！我嚟介紹吖，我個仔，子軒。我啲同事。

家麒：　Hello，我係家麒。

Ann:　我係小 Ann。

美鳳：　你食咗飯未呀？

子軒：　未呀。

Ann:　咁一齊啦！

家麒：　陣間一齊唱 K 吖？

△ 鏡頭一轉，大家在揀歌。

家麒： 嘩美鳳姐……你啲歌同你個人一樣，keep 得好好喎……

美鳳： (不明) 吓？

子軒： 即係話你啲歌好舊呀……

美鳳： 阿仔都唔唱歌嘅！

子軒： 我唱歌好渣㗎……

家麒： 喂，方晴有你比賽隻歌！你唱吖！

方晴： 真係唱呀？

△ 方晴拿起咪。

△ 美鳳在花園一面燒嘢食一直看著他們，聽到方晴唱歌立刻拿起手機拍攝。

方晴： 發覺這世界永遠太少空間
因此花一天支配一切時間
發覺這世界永遠太晒心機
因此花一天思索一切道理
消失太快　捉得到太少
因此花一天感覺一切是愛
茫茫人海
或有幾多漂泊與淹蓋
人人尋找愛
或有幾多爭鬥與比賽

越覺得剩低幾多未變的愛
慢慢地合作新詩
靜靜地同床午睡
再發現歲月換來幾次厭悶幾多親愛
有各樣劫災　和充滿意外
因此我要努力繼續能戀愛
慢慢地邁向聽朝
靜靜地懷念昨日
再決定今天只要相信愛
叫皺紋散開　喚青春歸來
因此我喜歡花一天感覺一切是愛

---

## 第 ⓰ 場 B

時：晚
地：錄音室
人：Zooman

△ 看著美鳳傳來的電話偷拍。

△ Zooman 正在錄音室為別人錄音。

Zooman:　（Voice note 回覆，見 Zooman 在錄音室）把聲幾有 character，不過要見吓真人先知嗝。

美鳳：　咁呢個星期邊日你得吖？

Zooman:　衰婆，你真係廿年如一日！

美鳳：　咩呀？

Zooman:　想要咩嘢陣就即刻要囉。

## 第⑯場 C

時：晚

地：家

人：美鳳、家麒、Ann、方晴

家麒： 冇唱咁耐都 OK 呀！

美鳳： 仲想唔想做歌手呀？

家麒： （搶答）佢梗係想啦！美鳳姐你識人？

美鳳： 我好似都冇正式講過我以前做咩……

子軒： 我阿媽做師奶之前係做唱片公司㗎！

△ 子軒取出架上的 CD 讓大家看到她的名字，原來當年很多藝人也是由她發掘的。

家麒： 古巨基？

Ann: （看到 CD 上有她的名字）余美鳳？

家麒： 我記得啦！有幾年嘅頒獎禮呢，好多人喺台上面多謝佢㗎！美鳳姐，原來你就係余美鳳！

△ 大家甚感愕然。

## 第⑰場

時：日

地：錄音室

人：美鳳、方晴、Zooman、家麒、Ann

工作人員：隨便坐！老闆陣間就到。

Ann：（抑壓著尖叫）黐線……冇諗過可以去 Zooman 嘅 studio！你睇吓啲獎？（指櫃裡面放著的音樂獎）唔知可唔可以影相呢？

家麒：係都等方晴拎獎先影啦？「我最喜愛」！方晴！想唔想要呀？

方晴：唔好玩啦……

△ Zooman 入。

Zooman：Hello！（向美鳳）Do Re Mi，邊個係你個仔呀？

美鳳：（指著方晴）方晴。我公司兩位同事。

家麒 / Ann：Hello！

家麒：我係家麒。

Ann：我係小 Ann。

Zooman：嘩你啲同事咁彈！Hello 我係 Zooman。

方晴：我有唱過你嘅歌參加過比賽。

Zooman：我都有聽過你唱歌嘅。咁你有無跟過邊個老師學唱歌？

方晴：我跟過 Miss Chan.

Zooman: 你跟過 Eliza Chan？

方晴： Teresa Chan。我中學嘅音樂老師。

Zooman: 咁你今日諗住唱咩歌？

方晴： 暫定 。

Zooman: ……咁幾時定？

方晴： 隻歌叫「暫定」。

△ 方晴走入錄音室。其他人跟在後面。

美鳳： 好似帶自己個仔去考入學試咁緊張。

方晴： （唱）
寂寞了分一半眼淚　渡過
嚴寒便分一半睡床　被窩
不要講天老地老囚禁我
同樣囚禁你　門上鎖

Zooman: 佢幾 cute 吖！真係咩背景都無？做緊咩㗎？

美鳳： ……送外賣！

Zooman: 其實無端端點解你會想簽佢嘅？

美鳳： 解釋唔到……總之覺得佢好特別。唱歌，跳舞全部都好有 potential，有咁好嘅條件唔做嘥咗佢。

Zooman: 我係問，你點解無端端有煮飯婆唔做，出番嚟做經理人呀。

美鳳： 緣份囉。

方晴： （唱）

若另結新歡更快樂　沒錯

你有天愛別人可以祝賀

別講長與遠暫時喜歡是我

Zooman: 送外賣會唔會嘥咗啲呀⋯⋯喂⋯⋯如果唔嫌棄嘅話，俾我做你個監製，大家一齊玩，好冇？

眾人： Yes !!!

## 第 18 場

【montage - 方晴學習片段】

## 第 18 場 A

【音樂中心跳舞房】方晴在中心跟排舞老師練跳舞；方晴努力又吃力的在跟著。家麒和 Ann 在旁邊打氣。（家麒在拍攝，Ann 企圖跟著舞步）

## 第⓲場 B

【家，夜】美鳳（老花鏡）把以前所有卡片放在桌面，逐個打電話。她翻閱以前的記事簿，尋找卡片和相關電話。

## 第⓲場 C

【排舞室】美鳳帶來服裝設計師 Kenneth 為方晴設計形象。

## 第⓲場 D

【salon】方晴剪頭髮（close up）

## 第⓲場 E

【天台】Zooman 指導方晴的唱歌技巧

## 第⓳場 A

時：深夜

地：美鳳房

人：美鳳、立仁

△ 立仁在床上看手機。

△ 美鳳塗面霜。

美鳳：　我見過 Sarah。

立仁：　（一頓）佢講咩呀……

美鳳：　……講吓近況。

立仁：　係呀。唔駛理佢。

美鳳：　（上床）……係呀，我忙啲咪唔駛理佢。

立仁：　早唞啦。（關床頭燈）

△ 靜默。

△ 立仁背向美鳳方向睡覺。

美鳳：　（突然）我諗過㗎喇。阿仔出年去英國讀大學，有錢就搞得掂。你上次講過，你話你就算搬走咗都會照顧我哋，OK 嘅。我知 Sarah 咩事……我哋都識咗咁多年，我只係後悔當年我聽你講，辭職走去生仔。

立仁：　嗯。

美鳳：　你有咩諗法你話我知，我會配合。

阿媽有咗第二個

MUSIC
ART

阿媽有咗第二個

## 第⑳場

時：日 （早上）

地：車

人：美鳳、子軒

美鳳： 仔呀，媽會做返經理人，就係上次嚟屋企唱K嗰個方晴。

子軒： 你咁耐冇做，搞得掂㗎喇？

美鳳： 試吓囉。唔試過點知。

子軒： 哦。

△ 沉默。

美鳳： 嚟緊 Daddy 會搬出去一段時間。

子軒： ……（愕然）你兩個鬧交呀？

美鳳： 冇鬧交。不過係有啲問題要解決。

子軒： 估到。（低頭看手機）

△ 沉默。

美鳳： 你當佢返咗大陸廠囉。

子軒： 咁你哋都安排好晒啦。

美鳳： 總之我哋一切生活如常……

△ 沉默。

子軒： 其實我唔明點解你要返出嚟做嘢。

美鳳： 唔關事。

子軒： 你明知阿爸會唔鍾意。

美鳳： 佢冇唔鍾意。

子軒： 你哋自己講架嘛，當年阿爸話咗你好多次，你先肯辭職唔做嘢。

美鳳： 當年係當年嘅事。

子軒： 係因為你掛住做嘢，先會小產冇咗個 BB 吖嘛！

美鳳： 你記得就好啦！所以如果我冇辭職就唔會有你！

子軒： 所以你咪成日覺得自己好偉大囉！

美鳳： 我唔想再同你講。

△ 二人靜默。

△ 車子到學校，美鳳停車。

美鳳： 總之一切如常。反正你好快就去英國，你都要學吓點樣照顧自己。再冇個阿四跟住你，車出車入。

子軒： 係呀，所以我想快啲去。

△ 氣氛有點僵。

△ 子軒下車。

美鳳： 你個 lunch 呀。

△ 子軒沒有理會，頭也不回。

△ 美鳳看著子軒的背影，駕車離開。

## 第㉑場

時：夜

地：家

人：美鳳、子軒

△ 子軒放學回來，見家沒有人。

△ 桌面上有字條：「飲湯」

△ 子軒在魚缸前自己飲湯。

## 第㉒場

時：夜

地：音樂中心 Reception

人：美鳳、家麒、Ann

△ Ann 替美鳳開 IG account。

Ann: 開咗啦！

美鳳： 唔知我個仔有冇呢？

家麒： 實有！而家個個都有！

Ann: 你個仔叫咩名？

美鳳： Jonathan Lo。

Ann: 係咪呢個呀？

家麒： 嘩，你個仔搞話劇㗎？可以叫佢嚟教小朋友喎！

△ 美鳳找到兒子帳戶，發現了很多從未見過的生活相，包括戲劇演出，美鳳發現自己對兒子的事情並不了解很多。

Ann: （看到美鳳反應）正常嘅……我都唔俾我阿媽 add 我，我唔想佢知道我嘅私生活。

家麒：我都係。我唔想佢知道我冇私生活。

## 第㉓場

時：日

地：錄音室

人：美鳳、方晴、Zooman、古巨基

△ 方在錄音室內，拿著歌詞紙，稍有緊張。

Zooman: 你 OK？唔駛緊張，飲啖水，我哋正式嚟。

方晴：（下定決心）OK。

△ 這時古巨基剛好經過，看到美鳳在房內。

基：美鳳！（二人擁抱）點解你喺度嘅？

美鳳：睇個仔錄音！

基：佢係子軒？咁大個啦？

美鳳：唔係……佢叫方晴，第一首歌。

基：恭喜你呀！

△ 基仔和方晴打了個招呼。

Zooman: 方晴！我哋嚟嘞。

△「一號種籽」前奏入。

基： 諗起當年第一次錄音你又係企喺呢個位望住我。

美鳳： 你仲記得？

基： 點會唔記得！咁重要嘅回憶！記一世呀！

Zooman: 我都記得呀。我又係坐喺呢個位！

基： 原班人馬！

△ 基仔一起聽著錄音，也覺得方晴很有潛能。

△（歌：一號種籽）

【歌：一號種籽】

你當我太好勝　怪世界要分勝負　加把勁
你當我太理性　我要拼了每一刻　才清醒
練習三分　傳球搶板　沉迷於爭勝
卻叫你擴大心理陰影

一邊好想衝上賽場　迎戰下個對手
一邊好想親一親你　愛情圓滿長久

想雙贏　多荒謬
現在我心只有　和鄰校那生死鬥
真的很想把你叫來　贏了為我拍手
可惜一早擺到你在最後
你心中　有沒有　想過走
太孤單　當我的　女朋友
你彷彿　開了口　難道我不內疚

我也試過洩氣　跌進了困境那日　多得你
我答應會約你　卻怕好戰那顆心　瞧不起
烈日當空　群情洶湧　虔誠的打氣
卻見你冷酷仿似心死
一邊好想衝上賽場　迎戰下個對手
一邊好想親一親你　愛情圓滿長久
想雙贏　多荒謬
現在我心只有　和鄰校那生死鬥
真的很想把你叫來　贏了為我拍手
可惜一早擺到你在最後
你心中　有沒有　想過走
其實我很內疚

我專注防守　愛戀卻難救
時間總供不應求

一邊好想衝上賽場　迎戰下個對手
一邊好想親一親你　愛情圓滿長久
想雙贏　多荒謬
現在我心只有　和鄰校那生死鬥
真的很想把你叫來　贏了為我拍手
可惜一早擺到你在最後
你心中　有沒有　想過走
其實我很內疚
怎麼躋身兩邊的盡頭
一切　分左右
現在我心只有　能當選最佳新秀
真的很想把你叫來　贏了為我拍手
可惜一早知道你在退後
你心中　有沒有　想過走
太孤單　當我的　女朋友
你終於　開了口　連後悔都沒有

---

## 第㉔場

【Montage】

△【音樂中心，reception】A / 美鳳、家麒、Ann、方晴四人一起隆重地把方晴的歌 upload 到網上，然後緊張地看著 view 數。

— upload 畫面

— refresh 畫面

△【子軒房】B / 子軒在電腦前看着外國留學升學的資料。

△【茶餐廳】C / 方晴繼續在茶餐廳上班，老闆發現在手機 KKBox 中出現了方晴。

△【電腦畫面】D / 家麒正在音樂房為小朋友點名，Ann 突然衝入來，興奮地告訴他古巨基在 IG post 了當日在錄音室的合照，並寫了文介紹方晴的新歌。

△【巴士站】E / 子軒等巴士，自己上學。

△【學校門口】所有同學（冬天）上學。

△【屯赤海傍】F/ 方晴自己對著大海，聽著 headphone，自顧自的在唱歌跳舞。

△【課室】H / 同學開始傳著方晴的應援卡。

△【茶餐廳】J /（方晴 / 美鳳 / 家麒 / Ann）方晴在茶餐廳第一次接受訪問。

△【家（子軒睡房）】K / 美鳳回家時發現子軒已經睡覺。

△【音樂中心】L / 方晴在音樂中心進行 FB live。（Ann / 家麒 / 美鳳在旁）

---

## 第 ㉕ 場

時：日

地：The One

人：方晴、美鳳、主持

方晴：　Hello⋯⋯大家好。

粉絲 1:　邊個嚟㗎？

粉絲 2:　好似係啲網絡歌手，我有睇過。

粉絲 3:　方咩話？

方晴：　我叫方晴。

△ 粉絲們放下手上的偶像牌，打算看手機。

△ 方晴有點緊張，也有點不知所措，看看台邊的美鳳。

△ 他們暗暗表示加油。

△ 方晴開始唱，粉絲們發現他也有他的吸引力。

肥仔：　哥哥！

△ 當日音樂中心的肥仔剛好經過，看見台上的方晴大感雀躍，和媽媽搶到台前，成為了第一個粉絲。

△ 方晴也因為肥仔而信心大增。

## 第㉖場

時：日（montage 音樂繼續）

地：學校耶穌樓梯

人：同學、子軒

△ 劇社同學在換壁佈板。

△ 子軒站在壁報前，Angela 和 Kelly 正在欣賞方晴的聖誕造型。

Angela: 你入咗晴天娃娃 TG group 未呀？

Kelly: 梗係入咗啦。

Tim: 咩嚟㗎？

Angela: 方晴個應援會呀。

Tim: 你轉咗會咩？

Kelly: 你有冇睇過佢嘅 live 先？

子軒： 喺邊度搞呀？

Kelly: 佢個 page 囉。

子軒： 佢真係咁吸引咩？

Angela: 佢吸引嘅地方，係因為佢唔放棄自己夢想……I love him！

Kelly: Me too !!

Angela/Kelly: 方晴！方晴！方晴！方晴！

△ 子軒看著她們討論方晴，感覺很不是味兒。

## 第 27 場

時：夜
地：方家
人：方晴、方父

△ 方晴回家，一開家門，看到地上的火盆，還有坐在廳中剛剛出獄的父親。

爸爸： 姑媽落咗街買餸，今晚我哋一家人食飯。

△ 兩個人九年沒有見面，氣氛有點古怪。

△ 方晴看著他，眼神充滿不可解釋的恨意。

△ 方晴突然衝過去狠狠地打了他一巴，方父完全沒有還手的意思。

方晴： 俾返阿媽我！俾返阿媽我！

## 第 27 場 A

時：夜
地：屯赤路
人：方晴

△ 方晴飆車，發洩情緒。

## 第㉘場

時：夜
地：車
人：美鳳

△ 美鳳收到方晴訊息：「我們可以見面嗎？」

△ 車子打燈，轉方向。

## 第㉙場

時：夜
地：海傍
人：美鳳、方晴

△ 美鳳靜靜的坐在方晴旁邊。

△ 良久。

美鳳：呢度就係你成日過夜嘅地方？

方晴：係呀……姑媽屋企好迫，喺呢度望住個海覺得自己屋企大啲。（一會）美鳳姐，我唔想做嘞。

美鳳：原因係？

方晴：我唔想俾咁多人知道我嘅嘢。

美鳳：你講緊你做茶餐廳？定係你冇爸爸媽媽？

方晴：我唔係孤兒。（思考了一會）我阿爸……返咗屋企。

美鳳：（誤會了什麼）即係……？

方晴：（猶疑）佢啱啱放監。（停頓）佢坐咗九年。醉酒駕駛，撞車，我阿媽死咗……連對面線架車個司機都死埋。

阿媽嗰時成日叫佢唔好飲酒，佢一次都冇聽過⋯⋯我仲記得嗰晚佢哋要去食飯，留我喺屋企做功課，我仲記得佢哋同我拜拜個樣⋯⋯嗰次就係我最後一次見阿媽！我唔係想講大話，不過我真係寧願自己係孤兒，寧願佢哋兩個都死咗，咁我就唔會覺得係阿爸害死我阿媽⋯⋯

△ 美鳳拍拍他。

方晴：　佢終於返咗嚟，我一見到佢，就諗起佢飲咗酒揸車個樣！我一見到就好嬲，以前做茶餐廳冇所謂，但係而家，我唔可以俾人知道我阿爸係害死人嘅監躉！⋯⋯我唔想影響埋你哋⋯⋯

美鳳：　你以為人哋好介意嘅嘢，可能得你自己一個係咁諗㗎咋。我唔會因為你同家麒細個好曳就覺得你哋唔係好人。個世界好衰㗎⋯⋯如果連你自己覺得有問題，就會全世界跑過嚟覺得你有問題；如果你冇做錯，唔使理人點諗。

△ 方晴沒有作聲。

美鳳：　如果你唔鍾意唱歌，你可以返去做茶餐廳；但我知道你唔係，我唔想你放棄。我唔知我可以幫到你幾多，但係我相信呢個係我哋嘅緣份。

方晴：　唔係，美鳳姐，你幫咗我好多。

美鳳：　「冇人」要攤開個肚皮俾人知道自己所有嘢。我應承你，我唔會講俾任何人知。

## 第30場

時：日

地：家

人：美鳳、子軒

△ 子軒根據美鳳吩咐清理家中的雜物房，他拿出一架 BMX。

子軒：　（一面清理）其實天橋底嗰啲都好多人等你拯救，你唔叫晒佢哋嚟住？

美鳳：　點同呢，呢個係我公司嘅人！

子軒：　公司嘅人咪擺返喺公司囉！人哋拎嘢返屋企做，你使唔使拎個人返屋企住呀？

美鳳：　佢冇屋企人理佢㗎……總之你知道佢多啲故仔你會想幫佢啦。

子軒：　如果有人知道我阿爸同阿媽分居，我會話俾佢哋聽因為我阿媽出現咗第三者！

## 第 30 場 A

時：日

地：家

人：美鳳、子軒、方晴

△ 美鳳開大門，方晴站在門外，背著背囊。

△ 子軒坐在沙發。

方晴：　你好，打攪晒。

美鳳：　執咗間房俾你！

△ 方晴望到子軒。

△ 子軒勉強地笑，從頭到腳審視他。

## 第 31 場

時：夜

地：家

人：美鳳、子軒、方晴

美鳳：　仔呀，開飯喇！你攞定碗筷啦。

方晴：　我幫手吖。

△ 方晴殷勤地幫忙開飯。

△ 子軒和方晴二人各自坐在飯桌頭尾，有點尷尬。

方晴：　我做茶餐廳㗎。

子軒：　　睇得出。

△ 美鳳把最後一道菜放下。

美鳳：　　不如你兩個自己介紹吓啦。

方晴：　　你好，我係方晴。

子軒：　　我知佢啲嘢啦，唔駛介紹。

方晴：　　咁我都知你叫子軒。

子軒：　　咁得啦。

美鳳：　　（向方）好似我從來都唔知你鍾意食咩。

方晴：　　我咩都食。（問子軒）你呢？

子軒：　　西餐。

美鳳：　　你兩個其實差唔多大㗎咋，唔好咁細路仔。

子軒：　　我係細路仔，我仲讀緊書。

△ 沉默。

方晴：　　你有冇 IG 呀，我 add 你啦。

美鳳：　　我嗰度有佢㗎，喺我度搵佢吖。

子軒：　　（向美鳳）你開咗 IG 咩？

方晴：　　Add 咗。

美鳳：　　係呀，我有 follow 你。

△ 晚飯繼續。

## 第 32 場

時：夜

地：家

人：方晴、美鳳

△ 方晴坐在新的房間，感受著一切。

△ 美鳳敲門進來，拿著毛巾拖鞋睡衣等入來。

美鳳： 你嘅。

方晴： 唔該美鳳姐。

美鳳： 唔習慣？

方晴： 唔係……不過我咁大個人從來都未試過有自己間房。

美鳳： 咁就當係你自己屋企得㗎啦。子軒係慢熱啲，不過佢ok 㗎。

方晴： 嗯。

美鳳： 早啲休息，goodnight。

方晴： Goodnight。

## 第 33 場

時：日

地：學校

人：子軒、Samantha、Tim、Angela

Angela: 子軒，不如今日放學去你屋企一齊溫書……

Tim: 係呀，叫 pizza 食，之後一齊打機。

子軒： 我屋企唔得……

Tim: 咩唔得呀，你屋企係最得㗎！

Angela: 呢個組合你冇可能拒絕喎……

Sam: （向子軒耳語）今日係阿 Tim 生日呀……

子軒： 我問吓……Daddy 先……

Sam: 關你阿爸咩事呀？

子軒： ……我驚佢今日喺屋企做嘢……

△ 子軒用 IG 聯絡他。

短訊： 「你在家嗎」

方： 「在」

子軒： 「會出去嗎」

方： 「今天放假」

子軒： 「我現在和同學回來，一係你出去，一係你留喺房，唔好出客廳」

方： 「好」

子軒： 「火燭都唔好出嚟！」

子軒： （向同學）好呀，屋企冇人。

## 第 34 場

時：日

地：家

人：子軒、Samantha、Tim、Angela、方晴

△ 同學們來到美鳳家。

△ Pizza 放在飯枱上。

Tim: （在鞋架發現了一些型格男裝波鞋）嘩！你㗎？唔見你著嘅？

子軒：……我老豆㗎。

Tim: 咁有型！

子軒：你未見過我 Daddy 咩！

Tim: 咩呀，我淨係見過你阿媽之嘛！

子軒：係囉，佢最近學人扮後生。

△ Samantha 以藍牙接通了喇叭，準備播放方晴的歌。

△子軒撲過去關掉喇叭。

Sam: 做咩呀？

子軒：我個喇叭壞咗，太大聲會漏電……我哋唔係溫書咩？

三人：（向子軒）你認真㗎？

△ 四人真的在茶几溫書起來。

△ 子軒卻突然收到方晴的訊息：「我想去廁所」。

△ 子軒被逼想辦法。

子軒：　(望著露台) 嘩！做咩個阿婆唔著衫嘅！

Tim:　唔著衫？邊度！

△ 眾人跟他出去平台。

△ 好不容易方晴避開了大家耳目竄進了浴室。

△ 子軒叫方晴留在浴室不要出來。

Angela:　哎喲，肚痛！

子軒：　(緊張，拉住她) 你去邊呀？

Angela:　去廁所囉！唔係去邊呀？

子軒：　咪住先⋯⋯你去我媽咪間房個廁所⋯⋯

Angela:　唔係去你嗰個咩？

子軒：　我廁所個抽氣壞咗。

△ 子軒把 Angela 推了入主人房浴室。

Tim:　(隱隱作痛) 嘩！唔得，我都肚痛，肯定係啲 pizza！

子軒：　(緊張) Angela 未出嚟喎⋯⋯

Tim:　(突然) 唔得啦⋯⋯！

△ Tim 飛奔入子軒浴室，關上門。

△ 子軒大為緊張，追到門口。

△ 子軒心急在外徘徊，探聽入面聲音，只聽到 Tim 大便的聲音。

△ 浴室內：Tim 在拉肚子，一簾之隔方晴在浴缸內閉著氣。

△ Tim 開門。

Tim: 唔好意思，有冇空氣清新劑？我自己都覺得好……

子軒: 你做乜唔開抽氣？

Tim: 你唔係話壞咗咩？

△ 終於大家都走了。

△ 子軒拉開浴簾，看到方晴依然在浴缸。

方晴: 我諗佢個肚真係好痛。好臭呀。（二人笑）

子軒: 唔好意思呀。你打唔打機㗎？

△ 二人一起打機，初次打破隔膜。（愛回家　音樂入）

---

## 第 35 場

時：日

地：錄音室

人：方晴、古巨基、美鳳、Zooman

△ 古巨基和方晴合唱一首「愛回家」。

【歌：愛回家】

勤力過　捱罵過　如做錯　誰又會原諒我
懷念家中被窩　想去躲　這麼吃力　求甚麼

投入過　麻木過　磨練過　沉悶過　疲累過
其實我進取麼　時間從未敢蹉跎　賺到幾多
賺到的只是你　能被你溫柔無微的照顧
被你那麼在乎　平日有你縱壞已忘記辛苦

活著有你多好　多麼渺小都變寶
躺在平靜被舖上漫談來日旅途
回到家中便有你多好　一碗暖湯的鼓舞
沾濕我眼睛　有人祈求我歸家

自問已經得到　得到你比一切好
躺在平靜被舖上望浮雲在過路
回到家中便有你多好　張開兩臂的鼓舞
沾濕我眼睛　眼前繁華有幾好　來互抱

## 第36場

時：日（早上）

地：家

人：美鳳、子軒、方晴

【Montage -「愛回家」】（三個人在家的生活）

△ A/ 早上，美鳳輪流叫醒子軒、方晴。

方晴發現連自己茶餐廳的制服也修補好，熨好。

△ B/ 桌上已經有豐富早餐給二人吃，三人一起吃早餐。

△ C/ 子軒在露台晾衫，子軒從洗衣籃拿出一條內褲（屬於方晴），認為應該分開洗。

△ D/ 方晴在餵魚。

△ E/ 方晴在客廳練舞，子軒戴上大耳筒。

△ F/ 方晴把美鳳和自己的合照，還有粉絲禮物放在案頭。

△ A/ 有人餵魚。

△ B/ 美鳳入，放下早餐。兩個仔各自從睡房出，（剛剛睡醒）坐在一起吃早餐。

△ C/ 子軒在飯桌溫書，方晴在客廳練舞；子軒抬頭，忍不住給了一些意見。

△ D/ 子軒自己出門口。

△ E/ 方晴一個人把洗好的衣服拿出露台。

△ F/ 子軒從露台入客廳，收了衫，放在沙發；方晴從睡房出來一起整理衣服，包括分好底褲；同一時間美鳳準備好晚餐拿出

飯枱。

△ G/ 美鳳關露台門，關上客廳大燈。

人：　方晴，粉絲們

△ 他在茶餐廳工作，發現門口圍滿了等他的粉絲，餐廳內其他食客也不停地偷拍他；他很不自然，老闆表示有點無奈。

△ 所有伙記和方晴合照。大家拍拍他膊頭。

△ 方晴脫下外賣衣服，交還給老闆。

△ 老闆已把合照貼在門外，旁邊有一張「聘請 方晴接班人 樓面工作」。

## 第 37 場

時：夜

地：高級餐廳 Steak House

人：美鳳、子軒、方晴

△ 美鳳駕車，載著子軒，來到酒店準備吃晚飯。

△ 只有子軒和美鳳在座。

△ 美鳳（老花鏡）一直在電話回覆訊息，同時用 iPad 看文件。

△ 子軒無聊在拍照（桌上杯碟）放在 IG。

美鳳：　（一面在回覆訊息）你幾時考第一科呀？

子軒：　下個月 3 號。

美鳳：　（用電話 WhatsApp 講）Hello Carman，張 layout 我

收到，不過我覺得個 typeface 唔係好靚，一係再試吓吖？（向另一個人講）出街最好可以夾返個廣告 shoot 個期……呢個我都要問吓阿仔……佢 OK 我再話你知！（掛線）講到邊呀？……係呀，對唔住呀仔，我最近真係好忙。不過方晴知你就快生日，話想請你食飯。

子軒：　（故作輕鬆）生日好小事啫，我都要溫書。

美鳳：　佢知你鍾意食牛扒，特登揀呢度㗎。

△ 方晴到達，坐下。

方晴：　係呀！呢度嘅 T Bone 好大，我哋可以一齊 share。

美鳳：　（向方晴）啱啱收到海報啲造型相，陣間睇吓。

△ 突然一位女粉絲經過。

女：　（尖叫）啊！唔好意思，我可唔可以同你影張相呀？

方晴：　（點頭）好呀。

△ 影了一張過後，竟然相繼有不同人上前要求合照。

△ 一時間一條小人龍出現在餐廳。

△ 侍應把斧頭扒放上檯面，並把粉絲請回。

## 第 38 場

時：夜

地：餐廳門外

人：美鳳、子軒、方晴

△ 酒店門口原來已經聚集了聽到消息的瘋狂粉絲，他們一見方晴，尖叫發狂，蜂擁上前。

△ 美鳳一面保護方晴也一面配合。

△ 一個抱著小狗的女粉絲上前要求合照，她把小狗放在地上。

△ 突然小狗衝出馬路，大家來不及反應。

△ 美鳳追出並喝停馬路所有車輛，把小狗安全救起，全人類鼓掌歡呼。

△ 另一班粉絲們又再從酒店出來，美鳳趕快拉方晴上車，自己急步上司機位，幾乎忘記了子軒。

△ 子軒尷尬地從後追上，並坐在後排。

## 第 39 場

時：日

地：學校 （雨天操場）

人：子軒、Samantha、Kelly、Angela

△ 子軒和 Samantha 在長枱溫書。

△ Angela 拿著雜誌衝過來。

Angela: 盧子軒！（哭）點解你一直瞞住我……點解！咁大件事都唔同我講！

子軒：　咩呀……

Angela:　（指著雜誌封面的偷拍）你阿媽原來係佢！

一本雜誌封面寫著：

「**方晴經理人勇救小狗。單親媽媽獨力養家　三人吃飯冷落囝囝**」。

△ 子軒看到自己上了封面，立刻搶過雜誌在翻閱。

△ 發現雜誌連他們在餐廳的情況也偷拍了，還包括子軒自己的 IG 相片。

△ 同學 Kelly 跑過來。

Kelly:　Auntie 係余美鳳！

△ 附近的人都圍了過來。

Tim:　原來你阿媽咁勁㗎！（看雜誌）乜你阿爸阿媽離咗婚咩？唔聽你講嘅？

Sam:　你冇嘢吖嘛？

子軒：　（沒有作聲）

Sam:　唔怪得你最近怪怪哋。

子軒：　我冇呀。（搖頭）我去廁所。

# 第 40 場

時：夜

地：黃昏

人：美鳳、子軒、方晴

△ 美鳳拿著餸菜回來。

△ 子軒坐在沙發，手上拿著雜誌，憤怒地擲在枱面。

美鳳：　咩事啫你？

子軒：　點解我嘅家事要俾晒全世界知？

美鳳：　媽咪都唔想㗎嘛。

子軒：　你同 Daddy 嘅嘢，我一路唔問，等你哋話俾我知；而家係乜嘢都唔使再問。

美鳳：　媽咪一路唔講係因為未係時候……

子軒：　(怒吼) 咁幾時先係時候呀？係咪等雜誌登出嚟就係時候呀？我冇講過俾我啲同學知 Daddy 搬走咗㗎！你知唔知今日人哋問我屋企發生咩事我唔識答呀！

美鳳：　你要繼續咁發脾氣我幫唔到你。

子軒：　你哋係咪唔記得我要考 IB？點解係都要而家先嚟離婚？／而家我係單親家庭呀！雜誌寫㗎！Daddy 廈門間廠執咗，雜誌寫㗎！／阿爸要搬走，你無端端要帶個人返嚟住，全部我都係被通知㗎！點解你哋做咩決定，發生過咩事唔可以話聲我聽或者問吓我？

美鳳：　發生咗好多事，媽咪都冇同人講……

子軒：　(大叫) 咁係咪唔關我事吖？個屋企我有冇份吖？

美鳳：（冷靜）你要面對嘅嘢，媽咪都要面對。點解你唔可以體諒吓媽咪就算幾忙我都撲返嚟煮飯你食，仲要受你呢啲脾氣？……你都有好多嘢冇同我講……你暑假唔係返學，走咗去玩 drama，我都好憎你唔同我講，咁我係咪又要發你脾氣？

子軒：我做導演我去排一個 drama 起碼所有嘢都係我自己控制，唔駛樣樣嘢都俾你哋話晒事！

△ 靜。

子軒：你哋有冇問過我係咪想跟你？

美鳳：你唔想跟我？

子軒：我冇話過想。

△ 靜。

美鳳：（平靜）你呢句說話好傷我心。

子軒：我唔需要我個媽咪咁叻。

美鳳：我冇得揀。

子軒：你冇得揀所以我都冇得揀。

△ 這時方晴回家，感覺到僵局，立時入房。

方晴：你哋無嘢吖嘛……我返入房先。（入房）

子軒：　你哋鍾意出名咋，我唔鍾意！（想入房）

美鳳：　你企喺度！你想知，我而家話你知。Daddy 同咗 Auntie Sarah 一齊。（子軒感到愕然）你要知道 Auntie Sarah 係媽咪好朋友，當年係媽咪介紹佢入 Daddy 公司做。

子軒：　（傷心）咁你叫爸爸唔好囉……

美鳳：　冇得唔好呀……幾年嘞……我都以為會完……Auntie Sarah 有咗 BB。返唔到轉頭。（靜默）媽咪都要面對，21 年婚姻點樣完結。

△ 子軒一聲不響，奪出家門。

△ 方晴在自己房間，聽著出面吵架聲。

阿媽有咗第二個

## 第 41 場

時：夜

地：家

人：美鳳、方晴、子軒

△ 三人各自垂淚。

## 第 42 場

時：夜

地：家

人：美鳳、方晴

△ 美鳳繼續煮意粉。

△ 方晴站在廚房外，看著她。

美鳳： 食唔食意粉？今晚突然間好想食意粉。

△ 靜默了一會。

美鳳： 你 MV 隻舞排成點？

方晴： （點頭）OK 呀。

美鳳： 今日 centre 有個小朋友扭親，最後個家長話要 call 白車，幾鬼誇張。係呀，有個好消息，本來想落實啲先同你哋講，但係我都想問吓你嘅諗法……有個客想幫你開音樂會。

方晴： 唔好成日講工作……你同子軒點呀……

△ 靜默。

美鳳： 我知阿仔好嬲我唔同佢講我同佢 Daddy 嘅事⋯⋯點講？點講？話俾佢知 Daddy 唔返屋企係因為去咗第二度瞓？我諗咗三年，先說服到自己離婚係最好嘅解決方法。（深呼吸）一諗到立仁走咗，子軒又去埋讀大學，每日我瞓醒唔知要煮早餐俾邊個食⋯⋯我知道，每樣嘢都係習慣，後生嗰陣習慣咗做嘢，跟住習慣咗做師奶，但係冇諗過咁快要習慣自己孤伶伶⋯⋯所以我鍾意做嘢，起碼我覺得我搵返自己嘅價值⋯⋯搵番自己嘅重要性。

方晴： 我明。我諗每個人都希望自己係被重視嗰個。我諗子軒都係。

## 第 42 場 A

△ 客廳吉鏡。

△ 美鳳自己一個人睡在房間雙人床上。

△ 子軒睡在自己床上。

△ 方晴睡在自己床上。

## 第 43 場

時：日

地：學校

人：子軒、Samantha、Tim、Angela

△ 子軒的 locker 開始收到情信，要求轉交方晴。

Angela: 子軒，你知唔知我 IG 最近多咗好多 followers⋯⋯

子軒： 點解呀？

同學： 因為我同方晴中間只係隔咗你！

△ 他大力關上 locker 門，看到 Tim。

Tim: 我哋幾時再去你屋企溫書呀？我想攞簽名⋯⋯

子軒： 你又鍾意方晴？

Tim: 我想攞你阿媽簽名⋯⋯

△ Kelly 跑入，還帶著一盒甜品。

Kelly: 子軒，我整咗啲 cupcake 俾你媽咪⋯⋯ 同埋你呀⋯⋯
有多㗎，你可以俾埋方晴吖。

△ 子軒開始覺得煩厭，拿了 cupcake，離開。

## 第44場

時：日

地：郊外

人：方晴、美鳳、家麒、Ann、拍攝人員

△ 烈日下，方晴正在拍 Fashion shoot，方晴穿著厚厚的冬天大衣。

△ 所有人都重量級防曬裝備。

△ 美鳳走向導演。

美鳳：　導演，唔好意思，可唔可以俾阿仔擔住把遮俾你試位呢？因為真係好曬！

導演：　可以可以！

美鳳：　我唔好意思先真，我怕佢中暑呀。

美鳳：　阿仔記得飲水！（方晴走過來休息）係咪好辛苦呀？

方晴：　唔呀。

美鳳：　陣間提我去街市買冬瓜，今晚煲冬瓜水。

家麒：　唔使啦。

Ann:　你睇吓出面。

△ 現場被重重紙箱包圍，全部都是粉絲送來的冬瓜水。

## 第㊺場

時：日

地：學校樓梯

人：子軒、Samantha

Sam: 我表姐喺日本買咗好多平安符俾我，叫我唔使咁緊張。（掏出平安符）送個俾你吖。祝你 over 40 分，直入 Cambridge。

子軒： 其實都唔一定要去外國。

Sam: 因為屋企啲嘢？如果你留喺香港會讀咩呀？

子軒： 點解做人成日都要揀？

Sam: （認真想）因為……要揀，先知道得來不易，先會珍惜。

子軒： （點頭，略有所思）我會努力嘅。

Sam: 一齊努力！

## 第㊻場

時：日

地：酒店 Cafe

人：美鳳、方晴、韓國公司代表、翻譯、立仁、Sarah

翻譯： 金先生係韓國 SY 娛樂嘅代表，之前電話同你哋提過佢哋公司而家喺全亞洲每個地方搵一個代表喺年尾去韓國受訓兩年，組成亞洲組合，target 全世界；咁喺香港佢哋想邀請方晴，唔知道佢嚟緊會有咩計劃？

美鳳： 因為我哋公司唔大，我哋都係諗住一路做歌；不過佢嚟緊有演唱會。你提出呢個邀請都係好大件事……

△ 翻譯同時用韓文翻譯給韓國代表。

△ 突然看到立仁和 Sarah 出現，Sarah 的肚子已經很大。瞬間美鳳臉容有點變色，但仍然強裝鎮定。方晴也看到立仁，大概估計到什麼事。

△ 鏡頭見美鳳的手輕微顫抖。

**翻譯：** 金先生問你哋有咩特別嘅考慮或者要求？

**方晴：** 我想問，咁我經理人係咪可以同行？呢個係我自己嘅要求。唔知道大家覺得點。

△ 翻譯同時用韓文翻譯給韓國代表。

△ 美鳳有點神不守舍。

**美鳳：** 唔好意思，我想去一去洗手間。

△ 美鳳離座。

**方晴：** （目送了美鳳消失，對在座其他人）唔好意思，我撞到朋友。

△ 方晴過去立仁的桌子，跟他們說了幾句話。

△ 美鳳回來時，立仁已經離開。

△ 美鳳望了方晴一眼。

## 第㊼場

時：日

地：車

人：美鳳、方晴

方晴：　你覺得點呀？

美鳳：　你自己想唔想去？

方晴：　我想去學習，我想進步。但係我想你同我一齊去。咁你呢？你覺得點呀？

美鳳：　我哋一齊諗吓。（一頓）頭先係咪你叫佢走㗎？

方晴：　你知唔知道有一次我出 event 都見到我阿爸，佢企咗喺最後，扮見唔到真係好辛苦。

美鳳：　冇聽你講過嘅？

方晴：　因為覺得自己處理到……不過我諗冇人可以自己處理晒所有嘢……

美鳳：　（見到大廈外牆的巨型廣告）出咗啦。

△ 那是方晴演唱會的海報，出現在銅鑼灣大廈外牆。

方晴：　我覺得自己好幸福。

美鳳：　點解呀？

方晴：　因為我哋嘅努力會有人見到。

美鳳：　咁你最想邊個見到？

## 第48場

時：日

地：方家

人：美鳳、方父

△ 從破舊的樓梯拾級而上，美鳳彷彿明白方晴多一點。

方父：(自己一人獨白) 余小姐！我成日都係雜誌見到你㗎！我都成日見到阿晴，我都係佢粉絲呀。而家啲人咩都係用住部電話，咁我咪學囉。日日一打開，見到佢啲新聞呀，廣告呀，咪覺得佢同我講緊嘢囉。我喺入面九年，佢都冇嚟探我⋯⋯咪寫信囉⋯⋯

係咁寫，喺晒度！(從櫃桶抽出一大疊信) 佢唔睇我都要寫。不過我家姐話佢真係一封都冇睇⋯⋯我係想佢知，老豆都嬲緊自己⋯⋯係好嬲自己呀⋯⋯係我令到佢冇咗阿媽⋯⋯我知喎⋯⋯喂我唔係冇咗老婆呀，我係冇咗頭家呀⋯⋯佢嬲我都好正常吖⋯⋯幾內疚都唔識得表達⋯⋯所以呀，我多謝你呀⋯⋯你令佢咁叻！而家咁見到佢好，我夠㗎嘞⋯⋯

## 第㊾場

時：日

地：大露梯

人：子軒、立仁

立仁：　等咗好耐呀？嘩，頭髮咁長，唔剪頭髮！

子軒：　冇時間。

立仁：　（子軒把一疊信交給立仁）咁多！你係咪考緊試？

子軒：　考剩兩科。

立仁：　俾心機呀。去英國㗎嘞。

子軒：　（一靜）你係咪唔會返嚟？

立仁：　爹哋同媽咪係搞緊離婚……

子軒：　我知……我可唔可以知點解？

立仁：　大家一齊咗咁耐，時間長咗，感情淡咗。

子軒：　呢個就係分開嘅原因？

立仁：　都唔係嘅……

子軒：　仲有咩原因？（靜）以前小學放學返到屋企，你就會問我，今日學到啲咩呀？睇完套戲，你又會問我，學到啲咩呀？點解今次你唔問我。

立仁：　咩呀？

子軒：　你同媽咪離婚，我學到乜嘢。

立仁：　你講。

子軒：　我學到你哋啲大人做嘢，好多時都講一套做一套。

立仁：　（靜了一會）大人有時都會做錯嘢。

子軒：　點解我哋細個唔講對唔住你哋就打到飛起，大人做錯嘢就可以粒聲唔出走咗去？

**立仁：** 我有同你媽咪講對唔住。

**子軒：** 咁我呢？你會唔會覺得你對住我……都有嘢做得唔啱呀？我細個覺得你係我偶像，因為自細你叫我唔好做錯事，就算做錯事記得要講對唔住；叫我唔好呃人，叫我記得萬大事有屋企，咁點解你叫我做嘅嘢你自己全部冇做呀？

**立仁：** 子軒，你大個仔，好快你入大學，過自己獨立生活，跟住你就會知道每一個人都要面對好多問題，而唔係每一個問題都可以搵到最好嘅方法去解決。

**子軒：** 所以你逃避。

**立仁：** (一頓) 爸爸真係做錯咗，對唔住。

---

## 第 50 場

【Montage - 孤獨病】

【歌：孤獨病】

天氣好　仍睡不好
恩寵讚美　沒有　令我　很自豪
然後我不見人　不理人
瞞住我這刻感覺很糟
覺得傾訴　擁抱　太恐怖

難道怨下去　人間真的會了解我
很想問為何難過　很想呼救　情緒極度無助
是孤獨還是失望還是　被世界折磨
假使我仍未夠好　你不要唾棄我好麼

隨便笑下去　喜歡的可以中傷我
普天下病人無數　我在這邊　陪你寂寞
當你再哭也沒結果　找不到那心理藥房
別遺忘還有我　同樣在那些陰影　跌下過

△【錄音室】畫面先影著一份歌詞，寫詞是方晴自己。他準備錄音。

△【家】美鳳早上開門，發現子軒已經出門口。

△【街】方晴一個人踏單車。

△【美鳳睡房】美鳳將立仁的衣服從衣櫃中取出。

△【禮堂試場】子軒在試場考試。

△【車】立仁的車子停在商場門口，他在發呆，未幾，Sarah 拿著一大堆嬰兒用品上車。

△【街邊演唱會海報】方父一個人看著街上演唱會海報。

△【錄音室】美鳳一直看著方晴唱這首歌，似有感動。

## 第51場

時：日

地：音樂中心

人：美鳳、家麒、Ann、方晴

△ 音樂中心貼著音樂會海報。

△ 家麒和 Ann 在網上看韓國的租盤，在討論著韓國的生活。

△ 方晴回來準備排舞。

Ann: 你係咪真係諗住過韓國呀？到時你可唔可以帶我去見 BTS？最多你去學嘢我唔收錢做你助手！

家麒： 兩個！

Ann: 幫你叫吓外賣囉！

方晴： 我都未知自己去唔去。

家麒： 唔係啩！韓國喎！你可以進軍國際市場喎！點會唔去呀！

方晴： 我同美鳳講過如果佢去我先去。

家麒： 咁你定啦！以美鳳咁負責任嘅性格，點會唔同你去！

△ 美鳳回來

美鳳： （叫方晴）你入一入嚟。

△ 二人入了其中一個房間。

美鳳： 我今朝同 SY 佢哋再開會，佢哋唔同意你要帶人過去。

方晴： 我經理人嚟，點解唔得？

美鳳：　因為當你同意受訓，喺韓國方面嘅 management 就係歸佢哋，佢哋一般都唔贊成 artist 帶自己嘅人過去。

方晴：　咁我哋唔去囉！

美鳳：　你唔好為咗咁小嘅事放棄咗個機會——

方晴：　唔係小事呀！咁耐以來，我所有嘢都聽你話，由得你安排，今次你可唔可以幫我爭取一次？

美鳳：　你唔知道我已經為你爭取咗幾多嘢。

方晴：　咁經理人照顧 artist 係應份架嘛！我肚餓你要買嘢比我食，我唔開心你要安慰我；我做嘢唔順利你會幫我搵方法……

美鳳：　係。但唔係所有。就算連我個仔我都唔可以滿足佢所有嘢！我唔係神呀。

方晴：　即係你唔會爭取？

美鳳：　爭取要講理由。

方晴：　（頓）我唔想你唔喺我身邊。

美鳳：　無論我幾錫你，我都唔可以永遠喺你身邊。無人應份要永遠喺你身邊㗎！而且每一個人都有選擇嘅權利。

方晴：　咁我都可以選擇唔做演唱會！

△ Ann 敲門入來

Ann:　方晴，Maxi 老師到咗！

方晴：　我希望你唔係只係用我嚟證明你嘅能力。

## 第52場

時：日

地：學校

人：子軒、Samantha、同學

子軒：　今次重演係大家離開弘基之前最後一次演出，希望大家可以做返舊年比賽嘅水準，同埋有啲位我想執過。（看見大家不太專心，在看手機）

Sam:　或者大家有冇咩問題？

同學一：（不好意思）導演……唔好意思呀……你可唔可以幫我哋買兩張方晴？我真係買唔到呀……

同學二：（舉手）我都想啊！兩張！

Angela:　子軒！如果到時完show，你係咪可以帶我哋入後台？

同學：　嘩！啱啱宣布咗方晴俾韓國SY揀咗做香港代表，年底去韓國受訓！

眾：　吓？

Tim:　咁今場咪佢走之前最後一次演唱會！

Kelly:　咁快就最後一次！

△ 有幾位同學竟然哭了出來。

## 第53場

時：夜

地：排舞室

人：方晴、Ann

△ 家麒捧著一大紙盒。

Ann: 仲未走？

方晴： 我想留多陣，練多陣。

Ann: 美鳳走咗啦。佢叫我俾盒嘢你，可能係啲 fans 送過嚟，你自己拎返屋企？

方晴： 好呀。

△ 家麒放下一個紙盒，離開。

△ 方晴打開，先有一張字條：

「愛你嘅人有好多，但係你都唔好唔記得你仲有個阿爸。」

△ 原來全部都是爸爸在獄中寫給他的信。

△ 他猶疑了一會，拆開其中一封。

△ 九年來第一次閱讀爸爸的信，每一句都是歉疚的話，方晴也是第一次感到內心對爸爸的悔疚。

晴：

你最近好嗎？喺入面真係日日都好擔心你，突然間你無左我同阿媽係身邊，我知你一定唔係好慣，細細個無爸爸媽媽真係淒涼，每次阿爸一諗起呢度，就會覺得好傷心！阿爸保證，等我出返黎之後，我應承你我會盡力去彌補我既錯誤。

呢段時間，你要大個仔啦，學識獨立，無阿爸阿媽係身邊，你要聽姑媽既話。家姐份人好惡我知，不過住喺人哋屋企就要聽人哋話，係人地屋企就要乖 D，話晒佢應承咗阿爸照顧你。你唔可以好似係自己屋企咁任性。記得努力讀書，將來要出人頭地，阿爸好快會出番黎，睇住你大學畢業！晴，阿爸真係好掛住你！

爸

---

晴：

我啱啱計一計，估唔到話咁快我已經入左黎 3 年，時間真係過好快。你最近應該差唔多開始增高，正所謂仔大十八變，阿爸真係驚到時到出黎到會認你唔到，有時間既話，入黎探下阿爸呀，真係好掛住你。

早排呢度天氣好熱，每次訓醒都成件衫濕晒，有一日成身出熱痱，又痕又痛，過咗成個星期都無好到，點知原來仲比蝨咬。之後去左睇醫生搽左藥膏就好番 d 啦。同阿 sir 換咗啲被鋪，依家應該好啲。

你自己都睇住呀，我記得你細個都好容易皮膚敏感，一熱都係好容易生熱痱，遺傳晒我 D 衰野。屋企如果熱既話，記得叫姑媽開冷氣比你，唔好怕生寶，姑媽其實都好錫你，話晒都一家人。得閒既話都寫信比阿爸呀，阿爸真係好耐無同你傾過計啦。

爸

---

晴：

阿仔，我聽姑媽講，你從來都無睇過我既信，你係咪仲係好嬲阿爸呀？我想同你講，阿爸同你一樣，咁多年黎一直都怪責緊自己。你知唔知，我成日訓覺都會夢到嗰晚嘅事。嗰晚係達叔個仔滿月，喺長沙灣擺酒，諗住你要做功課唔帶你出去，其實都算係好彩。

阿爸冇機會同你講，一夢到撞車個畫面，然後紮醒，發現自己標晒冷汗。我真係好悔唔聽你阿媽講戒酒，仲為咗呢件事同你媽咪成日嗌交。我都好掛住佢，每次一諗起你同你阿媽，我就會係咁喊。

仔，我唔係奢望你完全原諒我，但我都希望你明白阿爸其實同你一樣咁痛苦。你係阿爸世上至親既人，阿爸唔想無左你。我仲記得同你去冒險樂園，你玩旋轉木馬都嚇到瀨尿，我同你阿媽真係笑到收唔到聲，後來你發嬲，仲要我地買雪糕氹番你。我仲記得你歌唱比賽拎冠軍，阿爸真係覺得好自豪。

係監獄裡幾年真係好難捱，夏天好熱無冷氣，冬天好凍又唔夠被，但每次當我一諗起出面仲有你，我又會重新振作番起黎，全身有番動力，無論你幾嬲阿爸都好，我地點都係一家人，你而家係阿爸世上最親既人，阿爸真係唔想無左你。

你有時間同姑媽嚟探我啦。

爸

## 第 54 場

時：日

地：學校門口

人：方晴、子軒、uber 司機、同學們

△ 方晴乘坐一架 uber 在子軒的學校門口等他。

△ 方晴身穿一身黑衣、黑帽，在車內等著，終於見到子軒從學校大門出來。

## 第 55 場

時：黃昏

地：屯赤碼頭

人：方晴、子軒

△ 二人坐在草地，面向海。

方晴： 我記得我簽約第一日，美鳳同我講，入呢一行，最重要係，唔好介意有人唔鍾意自己，因為你永遠唔會得到全世界。不過，原來我好介意你唔鍾意我。開頭我好羨慕你，你嘅成長你嘅家庭，仲有你媽咪。我仲記得你媽咪第一次整早餐俾我食嗰朝，令我諗返起原來我有十幾年冇食過屋企嘅早餐。可能對你好簡單，但已經係我從來都唔會擁有嘅嘢。我知因為你媽咪，所以你好唔鍾意我。其實我都唔鍾意你。

子軒： 咁得啦？

方晴： SY 娛樂搵咗我哋，想簽我去韓國。我同佢講只係有一個條件，我想你媽咪同我一齊去。佢哋初頭唔肯，後來考慮之後應承咗我。

△ 子軒湧動。

子軒：　你講咩呀？你講多次！

方晴：　對唔住，我係後尾先知道原來你決定咗留喺香港讀大學。但係我真係好想你媽咪可以同我一齊去。

子軒：　個阿媽係我㗎！你搶完未呀？點解全世界都要圍住你轉？係你冇屋企咋！

方晴：　你講咩呀？

子軒：　係你冇屋企咋！

△ 子軒忍不住衝過去打方晴，二人像在摔角一樣。

方晴：　……你媽咪冇應承到。佢推咗我。佢話，照顧你先係佢最重要嘅嘢！我知佢從來都係將你擺喺第一位。佢成日話，你係上天賜俾佢嘅禮物；不過你有冇諗過，佢都係上天賜俾你嘅。

你覺得我好彩，你覺得我咩都有……但係只有我自己先知，我最想要嘅係乜嘢——我好珍惜你媽媽，我唔想佢唔開心，所以我決定自己去。呢個演唱會，係你媽媽嘅心血，你一定要嚟睇。

△ 子軒看著他。

方晴：　點呀？係咪想繼續打我？

子軒：　你得唔得吖？

方晴：　嚟吖！

子軒：　嚟吖！

△ 兩個男孩半玩半認真的繼續扭作一團。

△ 方晴清唱歌聲入。

【歌：今天只做一件事】

發覺這世界永遠太少空間
因此花一天支配一切時間
發覺這世界永遠太晒心機
因此花一天思索一切道理
消失太快　捉得到太少
因此花一天感覺一切是愛
茫茫人海
或有幾多漂泊與淹蓋
人人尋找愛
或有幾多爭鬥與比賽
越覺得剩低幾多未變的愛
慢慢地合作新詩

靜靜地同床午睡

再發現歲月換來幾次厭悶幾多親愛

有各樣劫災　和充滿意外

因此我要努力繼續能

---

## 第 56 場

時：夜

地：化妝間

人：方晴、美鳳、stage hand

△ 方晴一個人坐在化妝間，靜靜地唱著當年比賽的歌。

△ 美鳳入房。

美鳳　　OK 未？上台啦。

方晴　　(點頭)

---

## 第 57 場

時：夜

地：化妝間外走廊

人：方晴、美鳳、家麒、Ann、所有表演者、後台人員

△ 美鳳帶領方晴出房，走廊早已聚集的人一起拍手歡迎他，為他打氣。

△ 方晴走去大圈，大家圍在一起。

方晴：　　我唔識講呀，總之多謝你哋。雖然我哋只係得一次機

會，但係我知道我哋一定會做最好。

全部：　3，2，1！Good Show!!!

△ Ann 忍不住嚎哭。

家麒：　你做咩呀？

Ann:　唔知呀，我好激動呀！冇諗過我哋真係造咗個星出嚟！我有份㗎……嗚嗚……

家麒：　傻妹！

---

## 第 57 場 A

時：夜

地：台側

人：方晴、美鳳、家麒、Ann、stage hand、髮型師、化妝師

△ 大家聚集在台側，目送 stage hand 帶領方晴走到舞台中間入口。

△ 外面觀眾氣氛熱烈。

△ 方晴突然跑回台側，再擁著美鳳。

## 第58場

時：夜

地：演唱會

人：方晴、美鳳、家麒、Ann、方父、子軒、Samantha、Angela、Tim、SY娛樂代表、方姑媽

△ 方晴出場，全場起哄。

△ 方晴演出片段（快歌）。

方晴：我冇同大家講過，我十歲嗰陣參加咗一個社區歌唱比賽。我咁記得唔係因為我拎冠軍，而係我好少講嘢嘅阿爸，喺嗰晚係咁讚我，佢話：「乜原來你咁叻㗎！」。後來發生咗一啲事，我同我爸爸分開咗一段好長嘅時間，真係好耐好耐嘅一段時間。今晚，我知道佢嚟咗。今次係佢咁多年嚟第一次喺台下面聽我唱歌，希望冇令佢失望⋯⋯（佢摸了一下頸上的戒指）完咗呢個演唱會，我就會去韓國，希望好快我就會返嚟同大家見面。跟住就會唱我今個演唱會最後一隻歌，係我第一次自己填詞。呢份係我走之前送俾我愛嘅人嘅一份禮物。

【歌：風雨不改】

這次路途　要怎麼走
挑戰未來　盡力奮鬥

能流著汗更好　叫眼淚未似有
錐心刺骨　再後悔　是無謂念頭
便放開手

一句諾言　沉默守候
不要回頭　勒住重重內疚
聽說歲月似小偷　可將感情全部偷走
脆弱才是藉口

要放手了　那就藏在我心內
讓愛　未至於轉眼被茫茫人海掩蓋
徬徨的想回來　仍然懂得回來
困於漆黑　你是明目的光彩
也許將要　應付遺憾與傷害
讓愛　化做祝福　學會等待
風雨不改
像日出　風雨不改

想過暫停　人事依舊
不說別離　就像完全沒有
永遠扣著那雙手　偏偏孤兒說不出口
企在原地顫抖

要放手了　那就藏在我心內
讓愛　未至於轉眼被茫茫人海掩蓋
徬徨的想回來　仍然懂得回來
困於漆黑　你是明目的光彩
也許將要　應付遺憾與傷害
讓愛　化做祝福　學會等待
風雨不改
像日出　風雨不改

其實我仍未放開

你總給我　照料陪伴與忍耐
但這後台　為了甚麼　習慣等待
風雨不改
是甚麼　風雨不改

## 第59場

時：夜

地：後台

人：子軒、美鳳、後台其他人

△ 子軒一個人走進後台，Ann 一眼認出他。

Ann: 子軒！子軒！你係咪搵美鳳呀？我帶你去化妝間吖！

△ Ann 把一個工作證掛到子軒身上，子軒看了看這個工作證。

△ 在走廊他看到美鳳正在忙於答謝其他嘉賓的恭喜和記者的訪問。

△ 子軒被帶到方晴的化妝間。

△ 他一個人坐在那裡靜靜的等著，看到佈滿花籃等的房間。

△ 美鳳敲門，開門。

△母子二人對望，大家都沒有說話。

△慢慢，子軒起來，走到媽媽面前擁抱著她。

子軒： 媽咪！辛苦你啦。你真係好叻。所有嘢，所有嘢都好叻。

△ 直到這一刻，美鳳如釋重負地把抑壓的情緒都變成了開心的眼淚。

## 第60場

時：日

地：家

人：美鳳、子軒、方晴

△ 鏡頭見有人剛拉上一個行李喼。

△ 聽見子軒在外的聲音。

子軒：　架車到啦！

△ 方晴把喼推出到客廳，子軒迎上。

子軒：　間房會一直留住，我應承你我唔會擺雜物入去……

方晴：　多謝。不過如果我再返嚟應該可以自己搵地方住嘞。

美鳳：　(從房間出來) 帶多件褸！怕你唔夠褸著！

方晴：　多謝美鳳。

子軒：　韓國啲褸好靚㗎，到時買啦。(取出平安符) 送俾你吖。唔係我買㗎……Samantha 個家姐喺日本買嘅……佢保佑咗我考試，我估應該幾有用。

方晴：　你記得餵魚呀。

子軒：　(笑)

方晴：　你哋都夠鐘啦。

## 第61場

時：日

地：家門外

人：美鳳、子軒、方晴

△ 方晴把行李放上車。

△ 擁抱送別。

## 第62場

時：日

地：車

人：美鳳、子軒、DJ（聲音）

△ 美鳳駕車，子軒靜靜的。

△ 子軒扭開收音機，電台廣告放著方晴的歌。

DJ: （夾歌）嚟自方晴翻唱佢未出道之前參加比賽嘅冠軍作品《今天只做一件事》。相信大家都知道，今日係方晴暫別我哋出發去韓國受訓嘅日子。所以佢嘅粉絲今日有一件好重要嘅事要做，就係去機場同佢講拜拜……聽聞而家機場已經塞滿晒人……一個出道短短十個月嘅歌手可以做到呢個成績，都算係一個奇蹟。咁喺收音機旁邊嘅你，如果今天只做一件事，你會做啲咩呢？

△ 子軒和美鳳靜靜的聽著歌。

## 第63場

時：日

地：學校

人：美鳳、子軒

△ 美鳳和子軒到達學校。

△ 禮堂外看到海報，原來今天是《未來未來》重演的日子。

△ 有些同學看到美鳳出現表示驚喜。

△ 子軒拉著美鳳的手入場。

◇◇◇◇◇◇◇◇◇◇◇◇◇◇◇◇◇◇◇◇◇◇◇◇◇◇◇◇◇◇◇◇ 完 ◇◇◇◇◇◇◇◇◇◇◇◇◇◇◇◇◇◇◇◇◇◇◇◇◇◇◇◇◇◇◇◇

阿媽有咗第二個

ONCE

## 創作人的話

第二部電影終於要和觀眾見面了。

有人也許好奇，為什麼想寫一個關於媽媽的故事？的確也是。我幾個屬於劇場的獨腳戲，都是強烈的有感而發；這次「阿媽」的出現，卻好像是某種上天的安排和推動，是先有了人物才有故事的創作。

說實話，作為女兒，多年來我從來沒有認真理解過自己媽媽。這次編寫劇本時才發現，原來對自己媽媽有多陌生。後來經歷的訪問和聊天，完成劇本到拍攝剪接和後期製作，每一句對白，每一個場口，經歷了上百次的細味，彷彿給予了我一個機會去明白一個媽媽在生活中的掙扎，出現過的孤獨和失落。幻想如果媽媽還可以入戲院看這齣電影，她應該會喜歡這一部多於我上一部吧。

得到和失去，很多時都是同時發生，而且永遠相對。無論你身份如何，擁有的是過人能力，幸福家庭，輝煌成就，內心總會因為各種原因而感到不安或孤獨。每個人都有不被瞭解的一面，也許都曾經因為覺得不被重視而失落。故事中的人，面對被他人離棄的鬱結，或憤怒或逃避或壓抑；奮力追求他人認同以肯定自己價值，對著至親至愛卻無法坦白最赤裸真誠的感受，這是他們的最大共通，也是屬於我的最大共鳴。我們以為自己一直在爭取選擇的權利，卻發現人生有很多抉擇都是迫於無奈。如何應對，如何不在生命洪流裡迷失，相信沒有人有標準答案；但至少，漸漸明白到有些事情未必有絕對的錯和對，學懂理解自己和他人背後的苦衷，大概就是人生不同階段所要面對的課題。

感謝毛姐，當日在公司內的偶遇，令我萌生了這次創作的欲望。之後你在前期的無私分享，撇除我對你的仰慕，更令我認識到一個媽媽如何為孩子憂心，願意為孩子犧牲的偉大。謝謝你投放了你媽媽級的愛在兩個「兒子」以至團隊身上，尤其在拍攝時給予兩位新人的啟發和教導，我倆逐步建立的默契，令整個過程快樂得來有點夢幻。感謝花姐，因為「造星」而認識你，令我近距離看到一個經理人和媽媽身份重疊帶來的挑戰，也成為了這個故事的起點，更要謝謝你的信任，把姜濤和柳應廷的第一部電影交托在這個故事。感謝姜濤和 Jer，你們要應付排山倒海的工作和壓力，但每天在現場卻總是專注，我愛看到方晴的放鬆和自在，也愛看到子軒的認真和執著；因為沒有鬆懈，我敢說你們真的交出了成績來。我也太幸福，得到了如此有魅力的演員，大大增加了我漫長後期的熱誠（一笑），我希望你們同樣享受和喜歡這第一次的電影經驗。

感謝英皇上上下下，特別是楊受成博士給予的信任和空間，讓我找到合適而且喜歡的團隊，有充裕的時間和資源去令這個創作得以成真。感謝整個劇組的一切。這次無論幕前幕後大部份是首次合作的伙伴，不同崗位的朋友參與的日子有長有短，但我珍惜每一個相處；我雖然站在前面，後面的力量更重要。

我沒有做過媽媽，但看著一個偶然的意念到漸漸成為一個面向觀眾的作品，當中所經歷的，也許和媽媽看著孩子成長一樣，百般滋味在心頭。現在孩子獨立了，希望它會好好走自己的路，遇上對的人和事。若果故事掀起觀眾內心有那麼一點點遺憾，希望它可以給予大家勇氣去糾正或彌補——減少遺憾也許很悲觀，卻是一個不能放棄的信念——「未來」未來，在有選擇的空間，做可以改變的事。

「因為要選擇，我們才知道一切得來不易，才知道要珍惜。」

彭秀慧

二零二二年七月二十八日

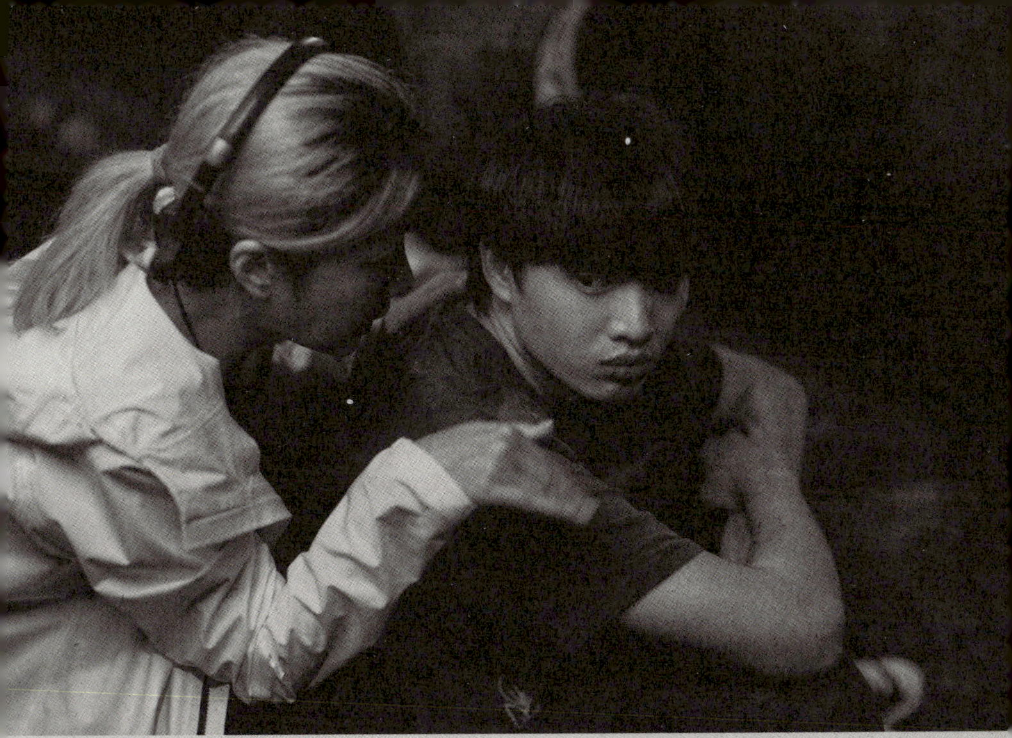

## 製作人員

| | |
|---|---|
| 編劇 \| 導演 | 彭秀慧 |
| 領銜主演 | 毛舜筠 \| 姜濤 \| 柳應廷 |
| 主演 | 尹揚明 \| 羅永昌 \| 岑珈其 \| 鄧麗英 |
| | 陳宗澤 \| 曾樂彤 \| 張蔓姿 \| 谷德昭 |
| | 唐劍康 \| 舒文 |
| 特別演出 | 古巨基 |
| 出品方 | 英皇影業有限公司 |
| | 英皇娛樂（香港）有限公司 |
| | 香港電影發展基金 |
| 製作 | 升佳有限公司 |
| 出品人 | 楊受成 |
| 製片人 | 邵劍秋 |
| 監製 | 霍汶希 \| 彭秀慧 |
| 統籌 | 張嘉琳 |
| 助理編劇 | 章彥琦 \| 譚安婷 |
| 製片 | 戴栢豪 |
| 執行製片 | 劉海林 |
| 助理製片 | 陳雪欣 \| 朱芷慧 |
| 第一副導演 | 龔兆平 |
| 第二副導演 | 范國平 |
| 場記 | 吳爾初 |
| 攝影指導 | 劉君樂 |
| B 機攝影師 | 黃浩銘 |
| 攝影助手 | 陳衍卓 \| 陳嘉謙 |

| | |
|---|---|
| **第二組攝影指導** | 譚運佳 |
| **第二組 B 機攝影師** | Wakai Matthew Yousuke |
| **第二組攝影助手** | 楊曉東 ǀ 梁正雄 |
| **機工** | 周少君 ǀ 李冠銘 ǀ 蕭天煦 ǀ 吳敬懷<br>吳德淞 ǀ 林偉達 ǀ 楊展鵬 ǀ 陳廷亮<br>關溢曦 ǀ 林祐碩 ǀ 蘇仲熙 ǀ 梁年康<br>周哲聰 ǀ 鄧奕曦 ǀ 陳頌聲 ǀ 陳浩然<br>陳柏希 ǀ 文浩 |
| **燈光師** | 馮浩寧 |
| **第二組燈光師** | 王文彬 |
| **燈光電工** | 黃曉陽 ǀ 李文傑 ǀ 周嘉豪 ǀ 莊世圖<br>吳詠琛 ǀ 李學寬 ǀ 戴子汧 ǀ 林濼晴<br>吳子維 ǀ 鍾曜羲 ǀ 夏錦進 ǀ 吳皓謙<br>連少明 ǀ 林聞撰 ǀ 邱浚軒 |
| **收音師** | 何志堂 |
| **第二組收音師** | 郭志文 |
| **收音助理** | 李永豪 |
| **美術總監** | 文念中 |
| **美術指導** | 羅頌妍 |
| **助理美術** | 張栩冰 ǀ 布樂施 |
| **道具領班** | 張偉全 |
| **道具** | 何富華 ǀ 李振文 ǀ 戴浩揚 ǀ 林大輝<br>莊德良 ǀ 崔明輪 ǀ 鄧祖昌 ǀ 陳家朗 |

| | |
|---|---|
| **服裝指導** | 郭妍慧 |
| **助理服裝指導** | 陳嘉穎 I 林愉婷 |
| **服裝管理** | 謝轉通 I 何少英 I 林子婷 |
| | |
| **化妝** | 陳秀嫻 I 吳漢民 I 秦詩韻 I 杜惠玲<br>梁燕萍 |
| **髮型** | 徐向榮 I 賴祝萍 I 楊順明 |
| | |
| **劇照** | 李詩卉 |
| **製作特輯** | 謝梓培 I 馬晴藍 I 潘駿軒 |
| **現場剪接** | 張鈞驊 |
| **傳輸員** | 張亦倫 I 李欣倖 |
| | |
| **劇務** | 張育華 |
| **第二組劇務** | 陳文輝 |
| **場務** | 蕭焯均 I 陳小麟 I 曹國華 I 梁恩裕<br>譚嘉明 I 丁梓維 I 馬沛錕 I 梁偉文<br>鄧　嬈 I 吳朗峰 I 羅偉強 I 趙國材 |
| **茶水** | 陳珮姍 |

**演唱會部分**

| | |
|---|---|
| **現場演出製作統籌** | 鄭宇軒 |
| **現場演出燈光及音響器材提供** | 三嘉工程有限公司 |
| **現場演出視訊及攝錄器材提供** | 匯能數碼製作 |
| **演唱會開場舞台錄像設計** | Visual Tailors |
| **編舞** | 陳俊夫 I 黃晉洋 |

| | |
|---|---|
| **原創音樂** | 黃艾倫 I 翁瑋盈 |
| **配樂助理** | 戴晉揚 |

| | |
|---|---|
| **後期製作統籌** | 吳鎮邦 |
| **剪接** | 李謙明 I 彭秀慧 I 石繕滎 |
| **英文字幕翻譯** | 吳鎮邦 |
| **普通話配音** | 留香（香港）工作坊 |
| **調色師** | 李芷澄 |
| **音效設計** | 鄭頴園 |
| **視覺特效總監** | 楊敏杰 |

| | |
|---|---|
| **電影片名設計** | 陳敏希 |
| **平面設計** | 朱智鋒 |
| **場刊協力** | Tina Lai |

| | |
|---|---|
| **書名** | 《阿媽有咗第二個》 |
| **作者** | 彭秀慧 |
| **編輯** | 呂嘉俊 |
| **書籍設計** | 李嘉敏 |
| | |
| **出版** | 字字研究所有限公司 |
| **網址** | www.wordbywordcollective.com |
| **電郵** | wordbywordltd@gmail.com |
| **承印** | 新世紀印刷實業有限公司 |
| **香港發行** | 一代匯集 |
| **台灣發行** | 紅螞蟻圖書有限公司 |
| **定價** | HK$138 |
| | NT$580 |
| **國際書號** | 978-988-75005-9-9 |
| **出版日期** | 2024 年 11 月 |
| | |
| **出版提供** | 英皇影業有限公司 / 英皇娛樂（香港）有限公司 |
| | 香港特別行政區政府 |